PENSÉES

et

MÉDITATIONS

POÉTIQUES

DE VAN D'AST

PAR

PIERRE-FRANÇOIS-HENRI BENARD,

MEMBRE DE PLUSIEURS SOCIÉTÉS SAVANTES.

> Celui qui se console a-t-il
> vraiment aimé?
>
> —
>
> Les tendres souvenirs sont
> la philosophie du cœur.

CAEN

IMPRIMERIE GOUSSIAUME DE LAPORTE.

RUE AU CANU, 5.

1863

PENSÉES

ET

MÉDITATIONS POÉTIQUES.

PENSÉES

ET

MÉDITATIONS

POÉTIQUES

DE VAN D'AST

PAR

PIERRE-FRANÇOIS-HENRI BENARD,

MEMBRE DE PLUSIEURS SOCIÉTÉS SAVANTES.

Celui qui se console a-t-il vraiment aimé ?

Les tendres souvenirs sont la philosophie du cœur.

CAEN

IMPRIMERIE GOUSSIAUME DE LAPORTE,

RUE AU CANU, 5.

1863

ORAISON DOMINICALE

Notre Père, ô mon Dieu, qui résidez aux Cieux,
O vous dont les bienfaits s'étendent en tous lieux,
Que votre nom soit saint et de tous adoré ;
Que votre règne arrive et votre volonté,
Répandant sa splendeur au ciel et sur la terre,
Nous préserve à jamais des maux, de la misère.
Donnez-nous chaque jour le pain quotidien
Et gravez en nos cœurs l'amour sacré du bien,
Que par amour pour vous, pardonnant notre offense,
Nous obtenions pardon, ou justice ou clémence,
Et surtout, ô Seigneur, éloignez de nos têtes
Et les douleurs du corps ; de l'esprit, les tempêtes.

Vers Chloé l'amour m'attire,
Et mes yeux ont fixé ses yeux,
Je cède à leur doux empire,
J'admire et me crois heureux.
Mais si son esprit n'étincelle,
Malgré moi je retiens mon cœur ;
Fût-elle vingt fois plus belle,
Ce n'est pas là le bonheur.

Soit qu'aux accords de la lyre
Vous mêliez ces doux accents,
Soit qu'Apollon vous inspire
Des vers tendres et touchants,
Toujours favorisé des Grâces
Votre sexe est sûr du succès ;
Belles, volez sur leurs traces,
Vos noms vivront à jamais.

ENVOI

Ici, c'est une autre affaire,
Et mon cœur est enchanté ;
Je vois réunis pour plaire
Grâces, esprit, talents, beauté,
Aux éclairs brillants du génie,
Vous joignez l'art de nous charmer,
Et je le sens, belle Eugénie,
Qui vous voit, doit vous aimer.

1816

RONDE DU CLOS OTHON

IMPROVISÉE, PAROLES ET MUSIQUE DANS LA SOIRÉE
DU 25 DÉCEMBRE.

———

CHŒUR.

L'Amour avec les Grâces
Nous appelle en ces lieux,
Accourons sur les traces
Des Plaisirs et des Jeux.

SOLO.

(Un des danseurs est placé dans le rond.)

Beau chevalier tu dois languir
Dans les fers de Vénus, notre reine,
Jusqu'au jour où, pour t'affranchir,
Une belle prendra ta chaîne.

LE CHOEUR.—MARCHE.

Chevalier, sortez d'esclavage,
Pour vous délivrer notre dieu
Sous ses drapeaux fait assemblage
De ces belles en ce lieu.
Parmi toutes ces mains si belles
Qui s'offrent en captivité,
Par un baiser choisissez celle
Qui va perdre sa liberté.

(Le chevalier délivré remet une dame à sa place.)

LE CHOEUR.

L'Amour avec les Grâces
Nous appelle en ces lieux,
Accourons sur les traces
Des Plaisirs et des Jeux.

SOLO.

Ma belle, tu dois languir,
Dans les fers de Vénus, notre reine,
Jusqu'au jour où, pour t'affranchir,
Un chevalier prendra ta chaîne.

LE CHŒUR. — MARCHE.

Belle sortez d'esclavage,

Pour vous délivrer notre dieu

Sous ses drapeaux fait assemblage

De ces chevaliers en ce lieu.

Parmi toutes ces mains fidèles

Qui s'offrent en captivité,

Par un baiser choisissez celle

Qui va perdre sa liberté.

(La dame prend par la main un chevalier et le conduit au milieu du rond.)

CHŒUR.

1818

14 juin.

A LA MÉMOIRE DE MON AMI

CHARLES BERCEAU.

LE VIEUX TROUBADOUR.

A l'ombre d'un vieux sycomore
Soupirait un vieux troubadour ;
Et sous ses doigts son luth encore
Répétait des accents d'amour.
Son front blanchi portait l'empreinte
De la tristesse et des douleurs ;
L'écho gémissait de sa plainte,
Ses yeux étaient baignés de pleurs.

« Songes riants, fleur de jeunesse,
« Trop promptement vous avez fui !
« Illusions, trompeuse ivresse,
« Vous m'abandonnez aujourd'hui.
« Ah ! je vous croyais immortelles,
« Abusé trop longtemps, hélas !
« Je n'aimai que des infidèles,
« Et ne servis que des ingrats.

« Unique ami, dans ma misère,
« Vieux luth autrefois si joyeux,
« Quand je vais perdre la lumière,
« Reçois mes fraternels adieux.
« Bientôt une main étrangère,
« Te rendra tes accents perdus,
« Et sous la tombe solitaire
« Je ne les entendrai plus.

« Demain, gisant sous cette pierre,
« J'aurai vu la fin de mes maux.
« Demain, à ma douleur amère,
« Aura succédé le repos ;
« Je meurs sans qu'une voix chérie
« Me console en ce triste lieu !
« Je n'ai plus qu'un souffle de vie,
« Mon seul ami, vieux luth... adieu... »

Sous le pied du vieux sycomore
Le vieux troubadour dort en paix,
Seul, près de lui, son luth sonore
Semble murmurer ses regrets ;
Mais sur cette tombe isolée,
Où nul ne déposa des fleurs,
La bergère de la vallée
Vient parfois répandre des pleurs !

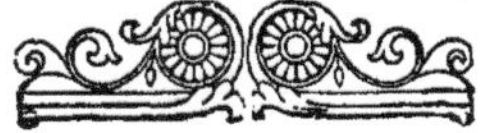

1818

A MON AMI

LE DOCTEUR FÉRON D'AMAYÉ

A L'ÉPOQUE DE SON MARIAGE AU MANS.

———

LE SÉDUCTEUR CONVERTI.

J'ai beaucoup parcouru le monde,
Ami fortuné des plaisirs,
Tour-à-tour la brune et la blonde
Ont reçu mes vœux, mes soupirs.
    Ainsi de belle en belle
    Je suis las de courir ;
    A des amours fidèles
    Je veux me convertir.

Ma devise fut près des femmes :
Amour, changement et plaisir.
J'ai toujours trouvé chez ces dames
Justement la même à m'offrir.
    Ainsi de belle en belle, etc.

A deux moyens j'ai dû ma gloire,
Je les abandonne à regret ;
L'un fut de presser la victoire,
L'autre d'en garder le secret.

> Ainsi de belle en belle, etc.

A la simple et tendre innocence
J'ouvris la route des désirs,
Mais à l'hymen, par l'inconstance,
J'appris à doubler ses plaisirs.

> Ainsi de belle en belle, etc.

Au rosier naissant de Cythère
Je cueillis de tendres boutons,
Et l'hymen m'ouvrit son parterre
J'y fis d'abondantes moissons.

> Ainsi de belle en belle, etc.

Célèbre héros de Thalie,
Tour-à-tour j'ai joué l'amant ;
Léger près l'aimable étourdie,
Constant près celle à sentiment.

> Ainsi de belle en belle, etc.

Près d'une compagne chérie,
Trouvant enfin le vrai bonheur,
L'amour aura semé ma vie
Et de ses fruits et de ses fleurs.
  Ainsi de belle en belle, etc.

Rivaux, maris qui, près vos belles,
Me regardiez d'un œil jaloux,
Consolez-vous, époux fidèles,
Je le serai tout comme vous.
  Ainsi de belle en belle
  Je suis las de courir ;
  A des amours fidèles
  Je veux me convertir.

1819

NOCTURNE A TROIS VOIX

Composé, parole, musique et accompagnement en sextuor,

PAR P.-F.-H. B.....

EXÉCUTÉ A BAYEUX A LA CAILLERIE.

De ta marche silencieuse
Borne ici le paisible cours.
Phébé! cette retraite heureuse
Est l'asile des vrais amours.
Depuis que ma belle maîtresse
Y fait le charme de mes jours,
J'ose y défier la tristesse.
A sa présence enchanteresse,
Un printemps éternel combla de ses faveurs
Ces lieux d'une éternelle ivresse.
On y respire la tendresse
Avec le doux parfum des fleurs.

1821

23 décembre.

A VICTOIRE

PAR SA FILLE ANNA.

———

Fête d'amour,
Viens calmer mon impatience,
Fête d'amour,
Donne à ma joie un libre cours,
C'est par toi que mon cœur s'élance
Vers le soutien de mon enfance,
Fête d'amour.

Bouquets d'amour,
D'amour exprimez le langage,
Bouquets d'amour.
Roses et jasmins, tour à tour,
Venez remplir un doux message,
Du bonheur soyez le présage,
Bouquets d'amour.

Bouquet d'amour,
Vole sur le sein de ma mère,
Bouquet d'amour.

Est-il un plus charmant séjour,
Et pour la beauté qui m'est chère,
Rends ton éclat moins éphémère,
Bouquet d'amour.

Jadis l'amour
Te fit le présent d'une rose,
Et par amour

Ton époux te la prit un jour,
L'hymen te la rendit éclose,
Et par cette métamorphose
En fit l'Amour.

Je suis l'Amour,
Aisément vous pouvez me croire,
Je suis l'Amour.

Je vais le prouver sans détour,
C'est Adonis que j'ai pour père,
C'est bien Vénus que j'ai pour mère ;
Je suis l'Amour.

Aussi d'amour
Je viens t'exprimer la tendresse,
Et pour toujours

Je te fais le serment d'amour.
Je t'aimerai dans ma jeunesse,
Et je n'aurai pour ta vieillesse
Que de l'amour.

Baisers d'amour
Donnés par la reconnaissance,
Baisers d'amour,

Rendus par un tendre retour,
Donnés, reçus en abondance,
Soyez ma seule récompense,
Baisers d'amour.

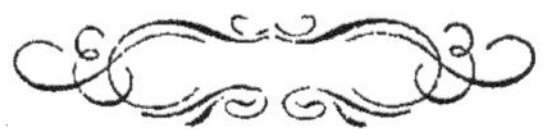

1821

COUPLETS

A UNE DEMOISELLE QUI NE ME PERMET DE LA CONNAÎTRE
QUE PAR SON NOM EUGÉNIE.

1

Comment chanter une inconnue,
Qui, ne révélant que son nom,
Reste impénétrable à ma vue
Sous le voile épais du soupçon?
Une incertitude cruelle
M'impose un rigoureux devoir,
Si je dis qu'Eugénie est belle,
Je le dirai sans le savoir.

2

Dans un portrait de fantaisie
Je pourrais peindre tout en beau,
Grâce, attraits, talents d'Eugénie,
Eclateront dans ce tableau,
Qu'il soit faux, qu'il soit véritable,
Puis-je espérer d'en être cru?
Chacun dira c'est une fable,
Il peint ce qu'il n'a jamais vu!

3

Il est vrai que la poésie,
Favorisant les fictions
Peut enfanter par son génie
Le charme dés illusions ;
Mais si l'abus du privilége
M'inspirait un portrait flatté,
Je n'en tendrais pas moins un piége
Aux dépens de la vérité.

4

Pour me sauver de cette crise,
J'emprunterai l'art du devin,
Lui seul ne craint point la méprise,
A ses yeux rien n'est incertain ;
En prononçant donc qu'Eugénie
Unit l'esprit à la beauté,
A l'oracle de la magie
J'associerai la vérité.

Ces couplets, d'un style sévère de jurisprudence, comme un dispositif d'arrêt, devaient passer sous les yeux du père de mademoiselle Eugénie, conseiller à la Cour, avant d'arriver à leur adresse.

1823

23 avril.

AU CIRQUE FRANCONI,

LORSQUE JE FIS LA PREMIÈRE RENCONTRE DE MA CLÉMENCE.

—

PREMIER REGARD D'AMOUR

A la paisible indifférence
Je voulais consacrer mes jours ;
J'avais abjuré les amours,
Dont je méprisais la puissance.
Mais vint un jour
Où ce projet de l'inexpérience
S'évanouit sans retour
Au premier regard d'amour.

Par tout l'éclat de l'opulence
En vain on voulut m'éblouir,
Mon cœur glacé fut sans désir
Et garda son indifférence.
Mais vint un jour
Ce cœur changé s'ouvrit à l'espérance
Et tressaillit à son tour
Au premier regard d'amour.

1823

2 novembre.

A Mlle CLÉMENCE FLEURIEL

STANCES DÉPOSÉES DANS SA CORBEILLE DE MARIAGE

> Toi seul, ô toi jeune objet que j'adore,
> De tous les Dieux, sois le seul que j'implore.
> (BERNARD, *Art d'aimer.*)

Bonne Clémence,

Ton indulgence

Reçoit et mes vœux et ma foi.

T'aimer est mon unique loi,

Mon bonheur et ma jouissance.

Tendre Clémence,

De ma souffrance

Tu daignes terminer le cours,

En faisant succéder l'amour

A la plus froide indifférence.

Belle Clémence,
Par ta présence
J'oublie aisément tous mes maux ;
Non, je n'en crains plus de nouveaux ;
Du sort je brave l'inconstance.

O ma Clémence,
Par ma constance
Je veux te prouver mon amour ;
Je veux à tes pieds chaque jour
Te consacrer mon existence.

1824

23 novembre.

A MA CHÈRE CLÉMENCE

Le temps s'envole sans retour,
Loin de nous bientôt sur sa trace
A tire d'ailes fuit l'amour,
Et vains regrets prennent sa place,
Si l'on n'a su jouir
De l'âge du plaisir.

A nos bosquets quand le printemps
Rend leur élégante parure,
Chaque objet répète à nos sens :
Suivez les lois de la nature.
Hâtez-vous de jouir
De l'âge du plaisir.

Le ruisseau qui, parmi les fleurs,
En murmurant roule son onde,
Semble faire entendre à nos cœurs :
Tout est fugitif dans ce monde.
Hâtez-vous de jouir
De l'âge du plaisir.

Philomèle, dans sa chanson ;
Dans ses baisers, la tourterelle ;
Doux zéphir, léger papillon
En caressant la fleur nouvelle ;
    Tout dit : Il faut jouir
    De l'âge du plaisir.

Clémence, le temps des amours
A nos deux cœurs vient de sourire ;
Mettons à profit ses beaux jours.
Que dans l'hiver nous puissions dire :
    Nous avons su jouir
    De l'âge du plaisir.

1830

28 juin.

UNE SÉRÉNADE

Il était minuit, un sommeil paisible réparait en moi les fatigues que m'avait occasionnées une marche prolongée de la veille.

Nous étions en famille à Vieux-Fumé : j'étais revenu seul à pied pour le service du greffe de la Cour.

Je fus réveillé par des sons inaccoutumés. Je reconnus un ensemble aussi parfait qu'agréable de deux violons, alto, basse, cornet à piston, flageolet et d'une guitare, qui certainement était dans des mains espagnoles ; jamais amateur français ne fit d'arpéges avec une telle élégance.

Quelques jeunes amateurs de la Société philharmonique, dont j'étais le secrétaire, venaient la veille saint Pierre me donner une sérénade.

Un six-huit animé était le motif de leur symphonie, la phrase élégante et dialoguée entre le violon, le flageolet et le cornet, traduisait les sensations heureuses de mes donneurs de sérénade.

Debout, collé contre les vitres de ma fenêtre, j'étais tout oreilles, je n'osais ouvrir, je craignais que, semblables aux musiciens des forêts, mes concertants ne s'échappassent, laissant suspendu leur galop. Bientôt un nocturne à deux voix se fit entendre. Les émotions que j'éprouvais étaient si délicieuses que je ne pus résister au désir d'aller rejoindre la petite troupe lyrique. Déjà j'avais commencé à prendre un vêtement.

Et moi aussi, me disais-je, il y a quinze ans je fêtais ainsi mes jeunes amies; les sœurs, les fiancées de mes camarades ! Mais, il y a quinze ans, j'étais jeune aussi, elles étaient jeunes ces amies, elles étaient aimables, gracieuses, jolies, candides ; et jetant un coup d'œil rétrospectif, que trouvais-je dans mon souvenir autour de moi ? Pas une de ces fraîches jeunes filles; toutes avaient été moissonnées prématurément.

Ces ôtages de la tombe se représentèrent toutes à mon âme attristée.

Armande Gillet de Falcon, belle, douce et spirituelle; Bathilde, sa sœur, aussi jolie, et remarquable surtout par la vivacité de son esprit et sa naïve coquetterie.

Constance Vallerend de la Fosse, dont on admirait tant la taille et la régularité des traits, sur lesquels une mort prochaine avait déjà placé ses signes précurseurs; Rose, sa sœur, enjouée, d'une gaieté entraînante.

Amélie Brebans, cette bonne et tendre mère, laissant quatre jeunes orphelins.

Adèle Dejort, sœur de deux braves officiers du génie, mes amis, assassinés à Saragosse.

Elle-même victime à vingt-deux ans de la plus absurde superstition.

« Adèle Dejort avait épousé un M. Divet, lieutenant
« d'ordre dans les douanes, deux fois veuf à trente ans.
« Enceinte, elle eut le malheur de rencontrer une vieille
« qui connaissait son mari: la voyant sur le point d'être
« mère, elle parut s'apitoyer sur le sort de Mme Divet;
« celle-ci la pressa de s'expliquer : après quelques hési-
« tations, la vieille lui prédit la fin de sa vie, au com-
« mencement de celle de son enfant, qu'il en était ainsi
« advenu aux deux premières femmes de M. Divet, et qu'il
« en serait ainsi de toutes celles qu'il épouserait, parce qu'il
« avait *la rate blanche,* et que les hommes constitués de
« cette manière donnaient aux femmes la mort en même
« temps que la fécondité.

« Frappée de terreur, Adèle ne put vaincre cette funeste
« prédiction, et mourut quelques heures après avoir donné
« le jour à une fille. »

Pénétré de mélancolie, la sérénade se termina et me laissa plongé dans ces souvenirs douloureux. Je me jetai sur mon lit, trop agité pour espérer retrouver le sommeil, l'aurore paraissait.

Les strophes suivantes me vinrent à l'imagination, je les consignai sur le papier :

Réveillez-vous, ô mon luth!
Quels sons viens-je d'entendre?
De mes jeunes amis, c'est la voix douce et tendre,
Ah! qu'ils sont complaisants, ces gentils troubadours,

Ils viennent me fêter, vite allons les surprendre ;
Essayons-nous encor à leur faire comprendre
    Nos premiers chants d'amour.
    Réveillez-vous, mon luth !

    Oh ! taisez-vous, mon luth !
    Vous ne pourriez redire
Ces airs improvisés, cet entrainant délire,
Qui charmaient autrefois les beautés d'alentour.
Par de nombreux hivers, mon âme appesantie
Peindrait mal les plaisirs du printemps de ma vie
    Et mes doux souvenirs d'amour.
    Oh ! taisez-vous, mon luth !

    Oh ! taisez-vous, mon luth !
    C'est en vain que de Laure,
D'Armande et de Bathilde, et d'Adèle et d'Isaure,
Vous nous retraceriez les gracieux atours ;
Elles ont disparu... avec elles Sophie,
Constance, Rose, Irma, Joséphine, Amélie,
    Encor dans leurs premiers beaux jours.
    Oh ! taisez-vous, mon luth !

    Oh ! taisez-vous, mon luth !
    Sous vingt tombes fleuries,
Vingt Grâces, vingt beautés dorment ensevelies,
Vous excitiez leurs jeux naïfs et sans détours,

Témoin de mon respect et de leur innocence,
De mes soins fraternels et de leur confiance,
    Quels déchirants pensers d'amours.
    Oh! taisez-vous, mon luth!

    Mais attendez, mon luth!
    Vous pourriez nous redire
Encor quelques accents, non ce bruyant délire,
Qui charmaient autrefois les beautés d'alentour,
Aux chaleureux accords d'une noble harmonie;
A mes jeunes enfants, chantez, honneur, patrie,
    Et ses beaux souvenirs d'amour.
    Accordez-vous, mon luth!

    Accordez-vous, mon luth!
    Et chantez les histoires
De nos mille héros, de leurs mille victoires,
De cette liberté reconquise en un jour,
De notre France en paix par les arts embellie.
Mais, s'ils vous demandaient comme elle fut trahie,
    Oh! n'attristez pas leur amour.
    Reposez-vous, mon luth!

1846

23 novembre.

MARIE BENARD A SA MÈRE.

LE JOUR SAINT CLÉMENT

Si je pouvais, ô mère si gentille,
Pour te fêter, tourner un compliment ;
Si je savais assez de rudiment
Pour composer un peu de poésie,
Où je dirais que mon âme et ma vie
Sont tout à toi... tel est mon sentiment.
Mais je ne suis qu'une petite fille.

Je voudrais donc être une grande fille
Et savoir tout ce qu'il faut pour rimer,
Trouver les mots et pouvoir exprimer
Ce que je sens, ce que je ne puis dire,
Ce qu'à grand'peine encor je puis écrire,
Ce que contient, je crois, le mot aimer,
Car je ne suis qu'une petite fille.

Mais si j'étais une bien grande fille
Et si j'avais de seize à dix-huit ans,
Je n'aurais plus tes soins si caressants
Dont tu m'entoure et soignes mon jeune âge.
Je suis folâtre, il faudrait être sage
Et renoncer à mes jeux innocents;
J'aime donc mieux rester petite fille.

Reçois mes vœux, ô mère si gentille:
Pour ton bonheur, j'en formerai toujours;
Pour ta santé, je prierai tous les jours,
Et le bon Dieu recevra la prière
D'un cœur aimant, innocent et sincère;
Car Dieu, mon père et toi sont mes amours.
Embrassons-nous, ô mère si gentille.

1825-1826

LONGUET

DOCTEUR EN MÉDECINE

Et ament meminisse amici.

Louis-Bernard Longuet était l'homme le plus humain, le plus philanthrope, le plus généreux qu'il fût possible de rencontrer dans une modeste position de fortune où il s'était trouvé réduit par suite de la perte de la vue.

Une femme des environs d'Argences vint consulter le docteur Longuet sur une maladie qui la faisait horriblement souffrir, et ne lui laissait aucun repos.

Le docteur toucha et reconnut la présence d'une tumeur cancéreuse au sein gauche. Il envoya chercher le docteur Sauvage qui confirma l'opinion de son confrère Longuet, assura que l'opération était facile et la cure immanquable. Mais il fallait que la pauvre femme se rendît à l'hôpital pour subir l'opération et recevoir les soins convenables. Au nom d'hôpital, la malade recula d'épouvante; elle eût préféré mourir que de se rendre dans un lieu dont le seul nom la terrifiait.

Le docteur Longuet lui proposa de la recevoir chez lui;

elle accepta, on prépara la patiente : Longuet lui céda son appartement, M. Sauvage opéra avec sa dextérité et sa promptitude accoutumée; en face de lui, je lui présentais tout ce qui lui était nécessaire.

Deux mois après, le docteur Longuet et moi reconduisions, dans ma voiture, la pauvre femme guérie, dans son village au sein d'une famille angoissée du sentiment de la reconnaissance *envers ce bon, ce brave, ce généreux M. Longuet.*

Pour placer cette malade le plus commodément possible pendant le traitement qu'elle avait à subir, son hôte et sa femme se reléguèrent dans une mansarde au troisième étage, pour n'en descendre qu'après le départ de la convalescente.

C'était vers la fin de décembre 1847, j'allais souvent voir sa malade pour la distraire. Un soir, le vent rabattait la fumée de la cheminée dans l'appartement d'une manière incommode et dangereuse, sa fille, qui la soignait, me dit que souvent elle était forcée d'éteindre le feu, sauf à le rallumer la nuit pour faire chauffer les boissons de sa mère. L'idée me vint alors de leur offrir une veilleuse, dans l'intérieur de laquelle j'introduisis l'adresse suivante :

A Monsieur le docteur Longuet.

Lorsque poussé par ton généreux cœur,
Afin d'alléger la douleur,
A ta science rien n'échappe ;
Lorsque chez toi, cher Esculape,

A chaque instant une ambulance,

Est ouverte avec bienveillance,

Où le malheur et les alarmes

Viennent se dissiper, viennent sécher leurs larmes.

Ton asile à mes yeux est un temple sacré,

Du malheureux, du pauvre et du riche honoré.

Salut, trois fois salut, à l'humble sanctuaire

Dont l'autel est un lit que la science éclaire :

Dont le chœur et la nef ont pour seuls assistants

La veuve, la malade et de pauvres enfants.

Mais! que vois-je! en ces lieux, il manque une veilleuse,

Pour réchauffer le bol où la fille pieuse

Dépose la boisson du malade altéré,

Heureux en ce moment où du ciel inspiré

Je dépose en ta main, à tout le monde chère,

Ce meuble indispensable et toujours nécessaire.

Longuet aimait la belle poésie, les œuvres hardies de Victor Hugo le transportaient; pour rapporter un peu de repos à son imagination exaltée par *Ruy Blas* ou *Notre-Dame de Paris*, je lui faisais des vers qu'il nommait de l'aubier de littérature auquel les vers s'étaient mis.

J'envoyai à madame Longuet une caisse de pruneaux accompagnée de ce billet:

« Je vous conseille, en femme sage,

« Faites bon et fréquent usage

« De cette préparation,

« Contre la constipation.

« Laissez tremper en onde pure

« Le tout : et cuire avec saumure

« En y mettant ou manne ou miel,

« L'effet sera providentiel. »

Je fis faire un pâté de volaille, que je lui adressai, avec cet autre envoi :

C'est à vous, cher docteur Longuet,

Que j'adresse icelui paquet.

En démolissant la maison

De ce solitaire chapon,

Vous y rencontrerez, dit-on,

Quelque chose d'assez bon,

Essayez donc, je vous conseille,

Si Jean Roussette fait merveille.

En octobre 1840, je fus à Falaise donner mes soins à madame Fleuriel, que nous perdîmes à la suite d'une fluxion de poitrine.

Frappé du même mal, je la remplaçai au lit : je fus longtemps à me rétablir.

On me conseilla un vésicatoire sur la poitrine, cela hâta ma guérison.

J'entrai en convalescence : le docteur Longuet qui me

voyait tous les jours, vint passer une matinée avec moi. Ce jour-là j'étais triste, la mémoire de ma si bonne belle-mère me revenait sans cesse. Je demandai à Longuet quand cesserait cette diète affamante qu'on exigeait de moi.

Le docteur me faisant espérer que je serais bientôt libéré de mon abstinence forcée, me fit un long et plaisant détail du menu qu'il ferait mettre à ma disposition pour mes relevailles.

Le coquin me mettait au supplice et se plaisait à le prolonger. Je lui demandais grâce pour mon famélique estomac.

L'heure d'aller aux cours de la faculté arriva heureusement.

Resté seul, me tournant dans mon lit pour trouver une position qui pût tromper ma faim, je fis presqu'impromptu la plainte ci-après au Procureur du Roi :

A notre doux seigneur, le Procureur du Roi,
Conservateur de l'ordre et maintien de la loi.
Son humble serviteur supplie et lui remontre
Qu'il aurait, par malheur, hier au soir fait rencontre
D'un individu, qui, dans un noir dessein
Contre le suppliant, en perfide assassin,
Aurait porté ses traits, ainsi qu'il va s'ensuivre :
N'espérant au bonheur de pouvoir longtemps vivre,
Le suppliant, couché, souffreteux dans son lit,
Dégoûté de potum et de julep maudit,

Le ventre tant lavé par des brocs de tisane,
Que l'on voit de gros plis tracés sur sa basane.
Lorsqu'un certain Longuet qui, jadis médecin,
Exploita de son mieux le pauvre genre humain,
Vint s'asseoir près de lui : le sachant à la diète,
Lui fit récit pompeux, narration complète,
De ce qui peut le plus, par affet délicat,
Exciter l'appétit et flatter l'estomac,
Et soit qu'il présentât à sa triste pensée
Oreille de cochon bien cuite à la purée,
Volaille dans son jus, épinards aux croûtons,
Perdrix, cailles, lapins, chervis, tendres cardons,
Riz au lait, crème, glaces, baba, méringue ambrée,
Le gâteau de savoie ou la tartre pourprée :
Par cet étal brillant de mets délicieux,
Sans pitié pour ses cris, pour ses humides yeux,
Tuait le suppliant depuis une heure entière,
Lorsque l'heure arriva d'aller à son affaire,
Et de se mettre au lit.

            Pour punir un tel crime,
Dont aujourd'hui l'angoisse à tout instant l'opprime,
(Car, s'il vous plait, Monsieur, il vous faut en savoir
Que de ne pas manger on l'a mis en devoir) :
Le suppliant requiert, par cette humble requête,
Que bons procès-verbaux et préalable enquête,

Soient faits, incontinent, sur l'accusé Longuet:
Qu'icelui convaincu de l'énorme méfait
D'avoir au suppliant porté traîtreuse atteinte,
Reçoive de la loi la plus sévère étreinte.
Si toutes fois, pourtant, la preuve était faillante,
Ou que vous admissiez la chose atténuante,
Détournant de sur lui cette rigueur fatale,
Qui frappe un criminel de peine capitale,
Vous ferez prononcer qu'au premier jour mangeable,
Ledit Longuet, forcé pour ce fait punissable,
Se rende, tout contrit, contraint en la demeure
Du suppliant, lequel aura désigné l'heure,
Pour en ce lieu siégeant, d'un énorme dindon,
Manger à se donner une indigestion,
Qu'il se croie à ce point la mort avoir reçue,
Et de cette façon justice aurez rendue.
Au Parquet, présenté le quatre janvier
Mil huit cent quarante-un, et ce que va signer
Le suppliant très-humble et sincère et sans fard,
Le greffier de la Cour, Pierre-Henry Benard.

Le docteur Longuet, encore célibataire, m'avait prié
d'aller quelquefois, et souvent même, prendre le café avec
lui le soir. En face du sucrier, une assiette contenait le
livre des *Chansons de Béranger*.

Là, nous chantions quelques odes en tête-à-tête, nous

rappelions les jeux de notre enfance, récits toujours les mêmes et toujours intarissables.

J'essayai de décrire ces moments délicieux.

Allons Marie, allons ma nièce,
Déployez votre activité,
Dépêchez-vous, chargez la pièce,
La pièce de l'amitié.

J'entends monter à ce deuxième étage,
Sans lumière et d'un pas assuré,
Cet ami qui, depuis son jeune âge,
L'a déjà tant de fois mesuré.
Il entre dans la galerie,
Dépêchez--vous, je vous en prie.
Vite approchez comme il l'était hier
Son grand fautenil près du foyer.

Allons Marie, allons ma nièce,
Déployez votre activité,
Dépêchez-vous, chargez la pièce,
La pièce de l'amitié.

Faites craquer sous la dent acérée
Ce grain excru sur un sable brûlant,
Que l'eau bouillante en sa poudre infiltrée
Le convertisse en nectar hylarant,

Cassez en pièces inégales
Ce cristal blanc d'Amérique importé,
Et que vos mains devant ses yeux étale
Deux anciens bols fiers de leur vétusté.

>Allons Marie, allons ma nièce,
>Déployez votre activité,
>Dépêchez-vous, chargez la pièce,
>La pièce de l'amitié.

Arrive donc ami de mon enfance,
Ami de mes beaux jours, ami de tous instants,
Assieds-toi là : Je sens que ta présence
Fait disparaître en moi plus de dix ans.
Causons, jasons, et qu'en doux souvenirs
Nous racontions nos farces de jeunesse,
Nous revoyons nos jeux et nos plaisirs,
Et nos chastes amours et nos pleurs de tendresse.

>Allons Marie, allons ma nièce,
>Déployez votre activité,
>Dépêchez-vous, chargez la pièce,
>La pièce de l'amitié.

Te souvient-il quand nous allions en classe,
A Saint-Julien, chez l'ancien procureur,
Quel bruit faisions, espérant qu'il nous chasse,
Pour aller nous baigner sous le saule pleureur,

Et que prêt à plonger au fond de la rivière,
Poursuivi par un autre et voulant l'éviter,
Je perdis un brillant, cher cadeau de ma mère,
Que nous avons cherché sans le pouvoir trouver.

Eh ! mais Marie, eh ! mais ma nièce,
Vous n'avez plus d'activité,
Vous écoutez !... chargez la pièce,
La pièce de l'amitié.

Attends un peu, car il faut que j'apporte
Mon contingent dans ce plaisant récit,
Lui dis-je alors, tu comprends, il m'importe
De déposer le mien ; écoute, le voici :
Ce jour fatal où perdant cette bague,
Tu la cherchais et nous la cherchions tous,
Quand Manoury te happa par la brague
Et te fit suivre.... tu sais.....

Chut ! mon ami, allons ma nièce,
Déployez votre activité,
N'écoutez pas, chargez la pièce,
La pièce de l'amitié.

Je me souviens, continuai-je à dire,
De cette rue où passant chaque soir
Un coup d'œil fin et puis un doux sourire
Te ravissaient et d'amour et d'espoir.

Que certain jour, sur un cheval monté,
Fier comme Achille et bien posé en selle,
En gambadant tu fus désarçonné,
Et fus tomber sous les yeux de ta belle.

O mon ami!... allons ma nièce,
Vous n'avez plus d'activité ;
Vous écoutez!... chargez la pièce,
La pièce de l'amitié.

Si nous causions aussi d'Agathe,
Et de son ingénuité.
— N'en parlons pas, c'est une ingrate,
Qui se moqua de ma fidélité.
— Tu fis des vers en son honneur et gloire,
En doux accords, je te les habillai ;
Tiens, je les ai présents à la mémoire,
Et c'est ainsi que je les lui chantai.

Je le veux bien, allons ma nièce,
Déployez votre activité,
En écoutant, chargez la pièce,
La pièce de l'amitié.

Jeune beauté, cause de mon martyre,
Dont les attraits ont trop su m'enflammer,
Je t'aime, hélas! et n'ose te le dire,
Ah! quel tourment de se taire et d'aimer!

Je te devine à ta marche légère,
Mon corps frissonne aux accents de ta voix,
Et je ne sais quel trouble involontaire
Vient me saisir alors que je te vois.

Il faut parler, je ne puis plus me taire ;
Non, je ne puis concentrer mon tourment,
Et maintenant le désir de te plaire
Ne suffit plus, cruelle, à ton amant.

Vivat ! vivat ! nous dit la nièce,
Déployons notre activité,
Dépêchons-nous, chargeons la pièce,
La pièce de l'amitié.

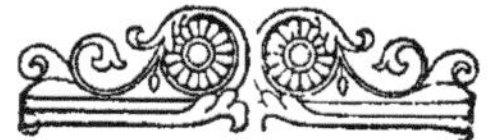

1848

24-26 février.

A MARIE

—

A MONSIEUR EUGÈNE BELLAMY

A MONSIEUR CHARLES LE BONNOIS

qui s'étaient chargés des détails de la Cérémonie funèbre.

RECONNAISSANCE SANS BORNES

—

Sonnez, sonnez, ô cloches funéraires,
Le glas funèbre et vos accents diffus,
La tombe s'ouvre et grave en sa mémoire
Le souvenir de celle qui n'est plus !

Elle naquit dans un simple village,
Et quelques mois le chaume l'abrita ;
Bientôt après, la leçon douce et sage
D'une mère chérie, au bien la disposa.

Elle unissait, hélas! ma pauvre fille,
Elle unissait l'esprit à la candeur,
Elle était tout pour sa chère famille,
Par elle seule, ils goûtaient le bonheur.

Bonne envers tous, aux pauvres secourable,
Cœur franc, naïf; du savoir sans apprêt,
Joignant toujours l'utile à l'agréable,
Elle eût formé l'être le plus parfait.

Pour elle ici demain on donnait une fête,
A tous elle aurait fait un gracieux accueil.
A l'aspect du plaisir, succède la tempête,
Et la robe de bal est changée en linceul.

Par un fléau cruel, en trois jours moissonnée,
Dans mes bras s'éteignit la plus pure des fleurs,
Et bientôt, devenu substance inanimée,
Je n'eus plus qu'un cadavre à baigner de mes pleurs.

« Mon doux *Mémé*, je vais quitter la vie,
Embrassons-nous, dit-elle, une dernière fois,
A tes bras protecteurs, je vais être ravie,
Hélas! il faut de Dieu respecter les arrêts.

Par tes soins incessants à la vertu formée,
Tu confirmas en moi l'existence de Dieu,
Ordonne qu'ici même, en temple transformée,
Cette chambre ait l'aspect d'un autel d'un saint lieu.

Que la religion édifiante et sainte
M'ouvre, en te consolant, le séjour éternel,
Du courage, Mémé, ne pousse aucune plainte,
Je vais avec espoir aller t'attendre au Ciel. »

Puis, en se recueillant, elle fait sa prière,
Le Prêtre la bénit ! Alors en souriant,
Elle entr'ouvre ses bras, elle embrasse sa mère
Avec calme, lui dicte ainsi son testament :

« Si tu me le permets, je veux donner à Laure
Le peu d'argent par mes soins amassés,
Attends… Attends… Je veux… Je donne encore,
A toi… ma chèvre… puis… à Dieu, c'est assez. »

Dès cet instant, sa poitrine serrée
Repousse l'air qui lui sert d'aliment,
Son œil s'éteint et sa langue est glacée,
Tout est fini, pensée et sentiment.

Spectacle déchirant, une mère éperdue,
Un père, un frère en pleurs, lamentent leurs adieux,
Une fille, une sœur, pour toujours est perdue,
Elle vient d'échapper à leurs impuissants vœux.

C'en est donc fait, ô mère infortunée,
Il t'est ravi le fruit de tes amours,
Pour toujours à présent sur la terre isolée,
Les larmes, les chagrins abreuveront tes jours.

Courage encor ! Courage, achevez-votre tâche,
O parents accablés, entourez d'un linceul
Les restes déchirants de la brebis sans tache,
A vos jours de bonheur va succéder le deuil.

Tout à coup dans les airs, la tempête s'élève,
La nature en tombant va rentrer au chaos,
Un vent impétueux fracasse, brise, enlève,
Un tumulte effrayant fait mugir les échos.

Un frère, des amis, vont au dernier asile,
Te conduire, ô ma fille, et bravant le danger,
Déposer en saint lieu ta dépouille fragile
Et convertir la terre en lugubre verger.

Les autans furieux redoublent leur ravage,
Ils vont tout transformer en décombres volants,
Culbutent les chevaux, brisent le sarcophage,
Le tonnerre a grondé, l'eau verse ses torrents.

Cependant ils arrivent, et le pieux convoi
Adresse au Tout-Puissant sa fervente prière,
Et la terre bénie retombe avec effroi
Sur ce cœur innocent renfermé dans la bière.

Repose en paix, ô ma fille, ô Marie,
Ange de la candeur, ange de la bonté,
Pour ton bonheur ici, j'aurais donnné ma vie,
Mais pour toi ce bonheur est dans l'éternité.

Je vous implore, ô Vierge immaculée,
Intercédez pour elle dans les Cieux,
Elle aima Dieu, vous en fûtes aimée,
Par Jésus-Christ accédez à mes vœux.

1848

24 mai.

LACRYMAS PROFUNDIT

ORBA MATER

Plaignez un trop malheureux père,
Dont le cœur faible et languissant
Cherche à consoler une mère
Qui vient de perdre son enfant.
La main d'une Parque cruelle
La leur ravit en un instant.
Venez, venez prier pour elle
Sur la tombe de marbre blanc.

J'arrivais au déclin de l'âge,
Après quarante ans de travaux ;
Deux bons enfants et femme sage
Me présageaient un doux repos.
Las de me voir ainsi tranquille,
Le sort, par un coup accablant,
Vient de plonger ma pauvre fille
Sous la tombe de marbre blanc.

Partout à présent je m'ennuie,
Mes amis me font mal à voir ;
Je traîne une pénible vie,
Et si je vis, c'est par devoir.
J'existe donc pour ma famille.
Mais mon désir de chaque instant
Est d'aller rejoindre ma fille
Près sa tombe de marbre blanc.

A vous, jeunesse folâtre,
Qui courez après les plaisirs,
C'est une colonne d'albâtre
Que je présente à vos désirs.
Morte à l'âge où la gaieté brille,
Je l'ai perdue en son printemps,
Et la dot de ma pauvre fille
Est une tombe en marbre blanc.

Quoi! pas une condoléance !
Pas une carte, un souvenir,
Oh! s'il s'agissait de la danse,
Je vous verrais tous accourir.
De votre âme ingrate et servile
Le plaisir seul est l'aliment.
Car vous fuyez loin de ma fille
Et de sa tombe en marbre blanc.

Mais vos yeux s'emplissent de larmes.
Oui, vous partagez mes douleurs.
Merci, je vois à vos alarmes
Que j'avais mal jugé vos cœurs.
Venez, là-bas, loin de la ville,
Venez, amis compatissants,
Avec moi pour pleurer ma fille,
Sur la tombe de marbre blanc.

Alors, incliné sur la pierre,
J'adressais ma prière à Dieu ;
Mes yeux mouillés quittent la terre.....
Je me trouvai seul en ce lieu,
Ils étaient tous restés en ville,
Ces beaux joueurs de sentiment,
Ils avaient oublié ma fille
Et sa tombe de marbre blanc.

Qu'ai-je donc fait ? Quel est mon crime,
Pour lancer ta foudre sur moi ;
S'il te fallait une victime,
Mon Dieu ! j'allais m'offrir à toi.
Eh ! que m'importe l'existence,
Elle n'est qu'un affreux tourment ;
Rends ma fille à mon espérance
Et l'arrache à ce marbre blanc.

Bientôt mon oreille est frappée
De sons, d'une voix bien connus,
C'est elle, c'est ma bien-aimée,
Dont les traits me sont apparus.
« Silence, ô Père, tu blasphème,
« En proie à tes cruels tourments,
« Je suis avec mon Dieu suprême
« Ma cendre est sous ce marbre blanc.

« Il n'est pas de bonheur sur terre ;
« Pour le juste, il est dans les Cieux ;
« C'est là que j'attends mon bon père,
« C'est là que nous serons heureux.
« Calme ton cœur et meurs tranquille,
« Je fléchirai Dieu tout-puissant.
« Au Ciel, tu rejoindras ta fille
« Et sous cet humble marbre blanc. »

Un jour viendra, bientôt j'espère,
Où Dieu terminera mes jours ;
Heureux époux, malheureux père,
Je la rejoindrai pour toujours.
Oui ! j'attendrai, l'âme ravie,
L'approche de ce doux instant
Où j'irai rejoindre Marie
Sous la tombe de marbre blanc.

1849

Avril.

A MA FILLE

———

Sans toi, chère Marie,
    Toujours en pleurs,
Hélas! ma triste vie
    N'est que douleurs.

On m'avait dit : Espère
    Dans l'avenir ;
Suit à douleur amère
    Doux souvenir.
Mais, ô chère Marie,
    Toujours en pleurs,
J'espère en vain : ma vie
    N'est que douleurs.

Déjà plus d'une année
Dans les langueurs,
S'est à peine écoulée ;
Nouveaux malheurs.
Ainsi, chère Marie,
Toujours en pleurs.
Hélas! ma triste vie
N'est que douleurs.

Restait à ton vieux père
Un seul ami,
Eh bien! ton pauvre frère
Est mort aussi ;
Tu vois, fille chérie
Toujours en pleurs, .
Combien ma triste vie
N'est que douleurs.

De chagrins dévorée,
Ta mère encor,
Par le ciel inspirée,
Souffre son sort.
Mais moi! chère Marie,
Dans mes erreurs,
Hélas! ma triste vie
N'est que douleurs.

A la métempsycose
    Si je croyais,
Dans chaque fleur éclose
    Je te verrais.
Mais, ô chère Marie,
    Toujours en pleurs,
Chaque fleur, pour ma vie,
    N'est que douleurs.

Si de Dieu, la clémence
    Je fléchissais.
Pour mon cœur en souffrance
    Tu renaîtrais.
A mon âge, Marie,
    Non, plus d'espoir.
Pour mon âme flétrie,
    De te revoir.

Toujours à toi je rêve
    Pendant les nuits,
Car il n'est pas de trève
    A mes ennuis.
Ainsi, chère Marie,
    Toujours en pleurs,
Voilà comme ma vie
    N'est que douleurs.

Et lorsque sur ta tombe,
La fleur en main,
Languissant je retombe
Chaque matin,
Ma prière, ô Marie,
Unie aux pleurs,
Donne à ma triste vie
Moins de douleurs.

1851

30 décembre.

A MON AMI CHARLES LE BONNOIS

FONDÉ DE POUVOIRS, COMPTABLE AU GREFFE DE LA COUR
D'APPEL DE CAEN,

*En lui envoyant une malle de voyage pour se préparer
à venir, avec nous, passer la vacance de Pâques à Paris.*

Bonnois, pour vous, amateur de voyages,
    J'ai choisi cet utile objet,
    Pour transporter tous vos bagages,
Lorsque vous adviendra quelque joli projet.
    Quand du printemps la douce haleine
    Et que de mars la lune pleine
    Vous appelleront vers Longchamps
(Ancien séjour des nonnains aux beaux chants)
Admirer du dandy la cabrante monture ;
Des dames de Paris, l'élégante tournure ;

Spectacle ébouriffant, ravissant, enchanteur,
Où l'on est, tour à tour, acteur et spectateur.
Puis, rentré dans Paris, errant en curieux,
Aller d'un point à l'autre, admirer ces beaux lieux
Attestant de nos arts le progrès et la gloire :
Des hauts faits de nos Preux la gigantesque histoire.
Mais, hélas ! il n'est point de plaisir éternel ;
Il vous faudra rentrer sous le toit paternel,
Et reprendre la plume, et l'encre, et le canif,
Et sur papier timbré trier du plumitif,
Tout ce que par la Cour, en forme de sentence,
Est dit et prononcé chaque jour d'audience.
Convertir chaque arrêt en bons sur le plaideur,
Et les passer aux mains de l'actif receveur.
Puis, recevoir dépôts, communications,
Minutes et verbaux, brefs, expéditions,
Placets de conférence et de mises au rôle,
En encaisser le coût, l'envoyer au contrôle,
Noter le jour fixé pour interrogatoire,
Envoyer à Richard toute cause sommaire,
Aux deux greffiers civils celles à l'ordinaire ;
Délivrer à l'instant l'arrêt déclinatoire,
Et celui qui prescrit enquête ou compulsoire,
Et celui par défaut, ou le préparatoire,
Ou taxer les dépens et rendre exécutoire,

Le coût vérifié, détaillé au mémoire,
Transcrire sans retard le tout au répertoire,
Evitant l'action réipersécutoire.
A Monsieur le Préfet, transmettre l'exemplaire
Des jurés désignés pour juger toute affaire
Aux assises passant.
    Enfin, n'oubliez pas,
Des archives, souvent d'aller voir les vieux sacs.
Car sans vos soins, mon fils, les rats et la poussière
En auraient bientôt fait une horrible litière ;
Et maints autres détails, plus ou moins ennuyeux,
Qui depuis dix-huit ans vous passent sous les yeux.
Quel est l'homme ici-bas qui constamment s'amuse ?
Moi, je n'en connais pas.
     Cependant le temps s'use.
Et vient un beau matin fixé pour le repos,
Suivi de quelques jours à passer sans travaux,
Ayez vite recours à votre nécessaire,
Placez-y promptement vos livres, vos affaires,
Saisissez-le par l'anse, et courez vers Marcel,
Pour venir me rejoindre en mon riant castel,
Et là, sur le gazon oubliant vos fatigues,
Eloigné des flaneurs, éloigné des intrigues,
Former dans vos poumons un sang pur et nouveau,
Rassainir votre corps, purger votre cerveau ;

Après quoi, vous irez à Vires, à Vassy,
Vos parents, vos amis vous attendent aussi.
Vous passerez près d'eux quelques jours, et tranquille
Vous reprendrez après le chemin de la ville ;
Travaillant de nouveau, décomptant tous les jours,
Comme avez toujours fait, comme ferez toujours,
Et cet emploi pour vous n'ayant rien de pénible,
Mon fils, remplissez-le le plus longtemps possible.

1860

22 août.

LA MORT

La mort est un bien pour les sages ; lui plaire
est leur unique étude ; ils passent toute leur vie à
en contempler les charmes.

Cet infortuné se roule sur sa couche ; ses yeux
sont ardents ; jamais ses paupières ne les re-
couvrent ; son cœur est plein de soupirs.

Mais, tout à coup, les soupirs de son cœur
s'exhalent ; ses yeux se ferment doucement ; il
s'allonge sur sa couche..... Qu'est-il arrivé ?.....
Infortuné ! où sont tes douleurs ?.....

Beati mortui, venite adoremus.

BOSSUET.

Cœurs honnêtes et purs, écoutez, s'il vous plaît :
Vous qui craignez la mort, savez-vous ce qu'elle est ?
Le moment insensible où l'âme vers les Cieux
Remonte vers un Dieu miséricordieux.
Le corps inanimé, prend la pose immobile.
Il s'allonge et la face est d'un aspect tranquille,

Les traits, se contractant avec sérénité,
Annoncent que la vie est à l'éternité.....
La crainte de la mort est donc une chimère,
Pour toute âme pieuse ; eh ! jugez-en plutôt :
Quand le corps, sur le soir, a besoin de repos,
Attendez le sommeil en faisant la prière,
Bientôt avec les sens, votre esprit dormira ;
La pensée aura fui, le présent s'éteindra.
C'est l'état comateux, l'état d'anestésie,
Qui vient surprendre en vous le secret de la vie.
Mais, au réveil des sens, bientôt succédera
Le réveil de votre âme : elle rassemblera
Le sujet échappé tantôt à sa mémoire.
De la vie à la mort, c'est l'anneau transitoire.

1860

27 août.

STANCES

DÉPOSÉES PRÈS DE LA TOMBE DE MA CLÉMENCE.

—

L'ombre des nuits ramène le silence,
Le bruit des vents, le torrent qui s'élance
S'entendent seuls dans ce triste séjour.
Aux doux accents de ma lyre sonore,
Mêlant mes pleurs au doux nom que j'implore,
Je chanterai : Plaignez le troubadour.

Assis jadis sur cette rive heureuse,
J'accompagnais sa voix harmonieuse,
Et nous chantions le plaisir et l'amour.
Elle n'est plus ! tout s'éclipse avec elle ;
L'écho lointain, hélas ! lorsque j'appelle,
Seul me répond : Pleure, ô vieux troubadour.

De mes enfants et de leur tendre mère,
Non, je n'ai plus que la sainte mémoire.
Sous leurs tombeaux, ils dorment pour toujours.
En ce saint lieu je m'incline et je prie.
Mon luth est bas ; l'écho de la prairie
Répète seul : Pleure, ô vieux troubadour.

Ainsi Van d'Ast aux vents contait sa peine.
Le vent frémit et de sa douce haleine
Emporte au loin les accents de l'amour.
Van d'Ast se tait ; mais le flot qui murmure,
L'oiseau des nuits caché sous la verdure
Disent alors : Meurs, ô vieux troubadour.

1860

25 septembre.

SONGE HEUREUX

Mon âme, transportée au céleste séjour,
Savourait l'ambroisie et le nectar d'amour.
Le cristal le plus pur contenait ce breuvage.
Ma Clémence, cet ange et si bon et si sage
Qui fit tout mon bonheur, était auprès de moi,
Me présentait la coupe, et de sa douce voix
M'engageait, m'excitait à boire ce liquide,
Philtre consolateur, théobrôme limpide,
Formé d'ingrédients dont l'efficacité
Transforme les chagrins en douce volupté...
Se métamorphosant, je la vis diaphane,
Et deux petits amours s'agitaient dans son sein :
Tous deux me souriaient, envoyaient à mon âme
De volages baisers d'une céleste flamme...

. . . .

Ils étaient là tous deux, et Charles et Marie,
Mon Charles tant aimé, ma fille tant chérie...

. . . .

En un instant le ciel, protégeant mes pensées,
Fit passer devant moi, par trois fois dix années.
Et mon fils, devenu savant chirurgien,
Prodiguait les secours de son habile main,
Répandait en tous lieux, avec zèle et prudence,
Les heureux résultats de sa vaste science.
Par la philanthropie, son bon cœur emporté,
De son propre intérêt l'intérêt écarté,
Ne voyait sous la bure ou le dais de velours
Qu'un être humain, souffrant, implorer son secours.

. . . .

Songe, hélas! trop heureux, et bonheur sans nuage,
En m'éveillant j'ai vu s'envoler votre image.

1861

juin.

FRAGMENT

ANTES MUERTO QUE MUTADO.

> Les grandes pensées viennent
> du cœur.
> VAUVENARGUES.

Pour ton cœur palpitant à rompre ses entraves,
Est-il un liniment?... Pauvre insensé!... Pourquoi?...
Voudrais-tu rassembler les stériles épaves
Du naufrage où le sort t'a plongé malgré toi!
Encor si, par pitié de ton âme ulcérée,
Il avait effacé la cruelle pensée
D'une fille chérie expirante en tes bras,
D'un fils tout jeune encor résistant au trépas,
D'une épouse adorée la pieuse agonie
Qui remit en tes mains et le sort et la vie
D'une orpheline, enfant que Dieu lui présenta
Pour calmer ses chagrins... que toi-même adopta.

Que dis-je, infortuné! conserve l'existence,
Que de l'art de guérir employant la science,
Lentement il enfonce en ton cœur le trépas,
Et fatigué de vivre, veuille ne mourir pas ;
Pour honorer longtemps des mânes si pieuses,
Sois martyr impassible en les croyant heureuses.
Que, par le souvenir, ton cœur soit ranimé.

Celui qui se console a-t-il vraiment aimé!

1861

21 septembre.

CONSUMONS-NOUS EN PLEURS

JUSQU'AU DERNIER SOUPIR.

Dans un sommeil fiévreux qui, la nuit tout entière,
Accablait tous mes sens et closait ma paupière,
Cette nuit, ô bonheur, près de moi je l'ai vue.
Sa matière terrestre, la mienne confondue...
Nous ne faisions plus qu'un; elle était tout en moi,
Moi j'étais tout en elle... Et bientôt une voix,
Celle de nos enfants, en une transformée
Retentit, descendant de la voûte éthérée,
Elle nous indiquait le séjour des heureux...
Tant de bonheur m'éveille et tout fuit à mes yeux!
Ce tableau solennel, dans ma triste pensée
Réagit constamment sur mon âme ulcérée.
Je fuis le monde entier, je voudrais pour toujours,
Echappant à moi-même, oublier mes beaux jours,

Oublier que je fus un bienheureux époux,
Oublier mes enfants et si bons et si doux!
Oublier!... Mais que dis-je? et ma raison s'égare,
De mon cœur desséché l'égoïsme s'empare,
Oublier tant dé charme, d'amour et de vertus,
N'est-ce point regretter de les avoir connus?
Conservons cet affreux et trop cher souvenir,
Consumons-nous en pleurs jusqu'au dernier soupir.

1861

DU BEAU FALAIZE

JANVIER LE SEIZE

Que la présente soit remise
De par la poste l'entreprise,
A la demoiselle Martin,
Séant à Caen, rue Jean-Romain.

Chère enfant, puisqu'il faut t'écrire,
A ton tour, il te faudra lire
Tout ce que ma plume en délire
Ecrira pour te faire rire.
Pour me soustraire à ta folie,
Je veux fuir ; eh bien ! j'oublie
Mon indispensable carnet,
Car c'est dans ce modeste objet
Que je décharge ma mémoire.
Je n'ai donc pas mon répertoire,

Je crois que dans ma colère,
Si je t'avais, je te battrais...
Oh! non, vraiment je n'oserais,
Car trop fort tu m'embrasserais.
Je te pardonne, et grâce au ciel
Un moyen providentiel
Me remplace l'essentiel
Du but certain de mon voyage,
On fait tant d'oublis à mon âge !
On arrête à Langannerie,
Je veux dîner? Plaisanterie
Dit le cocher, je vous en prie,
Remontez vite ; on vous convie
A votre hôtel : table servie,
Mets délicats et compagnie,
Joyeuse et folle à faire envie ;
Bon vin, café, bonne eau-de-vie
Que tant aimez
Et savourez.
Puis, blotti dans mon petit coin,
Seul et sans feu, pas sans besoin,
Allant au pas et très-lent train,
A Falaise, j'arrive enfin
A neuf heures, mourant de faim,
Car la neige et la giboulée
Tenaient la route embarrassée ;

Bien vite à souper l'on m'apprète,
Bon feu s'allume en ma chambrette,
Table nette et blanche lingette,
Sur mes genoux fine serviette,
Pantoufle en fourrure à manchon,
Classique bonnet de coton ;
Soupe de bœuf et reste de bouilli,
Avec le pain faisant gâchis,
Attestait qu'on en avait mis.
Plus de bouilli, la fine tranche,
Langue de veau, et pâte blanche
De Camember ; ma soif s'étanche
De vieux Bordeaux, et d'eau bien franche,
Et le café par le coche annoncé
A terminé cet excellent souper.
Pas n'est besoin que je te die
Que de sortir je n'eus envie ;
Il gelait fort, puis engourdie,
Ma tête était endolorie.
La cloche sonne, il est dix heures ;
Il faut dormir, car à cette heure
Le calme règne en ma demeure
Jusqu'à minuit,
Et vient le bruit.
Je m'étends sur mon lit, je me livre au repos ;
Demain matin je m'en vais à Fourneaux,
Régler mon compte et proroger les baux.

La cloche métropolitaine,
Par trois fois trois de sa bedaine
Ebranle l'air ; et dans la plaine
Par trois fois trois cloche vilaine
En fait autant,
Et réveille le paysan.
Je m'habille
Et sors de la ville,
Tout dort encor, tout est tranquille ;
Le citadin en son séjour,
En sommeillant attend le jour ;
A sept heures, je vois l'aurore,
Ouvrir ses rideaux au soleil,
Il apparaît et son feu dore
La nature dans son sommeil ;
Cette nature languissante
Est dans un état de torpeur,
Pas un petit oiseau qui chante,
Pas un bourgeon, pas une fleur,
Et pas le moindre voyageur.
J'aperçois une fille jeune,
Je lui demande un peu de lait,
Et pour quatre sous je déjeûne
Paisiblement au cabaret.
Je marche vers la métairie,
J'inspecte les bois en passant,

Les champs semés et la prairie,
Les haies et les ceps et les plants.
Je marque, pour que l'on abatte,
Quelques vieux bois pour nous chauffer,
Et des merins à débiter
Pour réparations à faire ;
Enfin, pour bien le satisfaire,
Je donne à Launey, mon fermier,
Un bail neuf après le dernier ;
Nous réglons alors les fermages,
Il m'en solde les arrérages.
J'ai fini tout, et vers Falaise
Je reprends ma route à mon aise.
De mes débiteurs attardés
Je stimule un peu la paresse,
Et quelques-uns m'ayant soldé,
Au prochain voyage je laisse
Ceux qui me demandent du temps,
Et ne fais pas de mécontents.
Pour Vieux-Fumé je pars demain,
J'y passerai le jour prochain,
Pour emporter quelque fruitage.
Je te vois rider ton visage
En lisant tout ce griffonnage.
          Tu l'as voulu,
          T'aurais-je plu ?

1862

24 février.

Pour me soustraire au chagrin qui me ronge,
Je fuis en vain, le cruel se prolonge,
Accroît en moi la noire hypocondrie
Que savait apaiser une épouse chérie.
Je suis seul à présent!... Non, je ne suis pas seul,
Je vois mes deux enfants entourés du linceul,
Je vois leur bonne mère en mes bras expirante,
Et comme au premier jour, je pleure mon amante,
Et comme au premier jour de mes enfants perdus,
Je consume ma vie en regrets superflus.

Je vais aller m'incliner vers la tombe
Et prier Dieu d'abréger en ce monde
Les maux cruels dont je suis accablé.

Seigneur, ayez pitié de mon âme en souffrance;
Créateur incréé, miséricordieux,
Apaisez donc mes maux, donnez-moi l'espérance
De m'appeler bientôt près de vous dans les cieux.

1862

mars.

APRÈS LA DÉCONFITURE

DE X...

Mon âme tout entière à ses doux souvenirs
N'a plus la faculté de goûter les plaisirs :
Sur elle l'amitié n'exerce plus d'empire,
Et ce mot, sans pouvoir, sur mes lèvres expire.
C'est en vain, à présent, qu'un ami, dans ses bras,
Me presse en m'embrassant; je ne partage pas
Le bonheur qui, soudain, chez lui se manifeste.
Si quelqu'ancien ami, par un revers funeste,
Est frappé dans ses biens, j'y demeure insensible,
Et, pour le secourir, d'une main invisible,
J'adresse mes secours, je lui fais mes cadeaux
Sans pouvoir partager ses larmes et ses maux.

1863

avril.

LES SOIXANTE-DIX

? ? ? ?

COMMENT ? POURQUOI ?

> Par ses travaux, par les arts, par les
> sciences, que l'homme est grand ! Mais
> en présence de l'œuvre divine, de la
> profondeur des secrets de la nature,
> que l'homme est petit !

Cinquante-six agents ont formé la matière,
Dont tout fut composé dans la nature entière !
Et ce peu d'éléments mille fois combinés
Mille fois confondus, l'un par l'autre entraînés
Nous révèlent en Dieu l'immense immensité,
Sa puissance sans borne, ainsi que sa bonté !
Le soleil nous éclaire et par le calorique
Dilate les courants du fluide électrique ?
L'oxygène est la vie, l'azote est l'aliment,
Hydrogène et carbone en sont le complément.
A ces agents premiers viennent s'adjoindre encore
Le radical chlorique et le brillant phosphore ?
Et ces gaz combinés par tout se représentent
Souvent unis entre eux et toujours ils fermentent

L'un par l'autre excité : par agrégation
Ou par le dimorphisme ou par transfusion ?
Eh! que respirons-nous dans l'air atmosphérique !
N'est-ce pas l'oxygène avec le calorique
A l'azote mêlés d'acide carbonique ?
En décomposant l'eau, on trouve l'oxygène
Qui se présente pur, ainsi que l'hydrogène?
L'eau changée en vapeur, dans les airs exhalée,
Retombe sur la terre en féconde rosée ?
Ces gaz liquéfiés par un secret du ciel,
Reforment l'eau, fluide à tout essentiel ?
Le brouillard élevé par dessus l'horizon
Se convertit en eau par la combustion ?
Le fluide aimanté traverse le nuage
L'étincelle jaillit et déverse l'orage ?
Sur la cime des monts les airs raréfiés
L'eau tombe, s'y congèle et forme les glaciers?
Qu'est-ce encore à nos sens que cette Mappemonde ?
Des corps agglomérés, et retenus dans l'onde,
Flottant au gré du ciel au centre des fluides,
Des terres, des métaux et des métalloïdes ?
A tous les éléments, l'oxygène s'allie,
Il agit en tyran et le métal se plie
Aux caprices d'un maître et règle ainsi leur sort.
Il donne l'existence et peut frapper de mort?
L'oxygène et le chlore appelé chlorhydrique
A la soude ajouté par l'action physique

Forme le sel marin, sous terre aggloméré ?
Par le courant des eaux dans les ondes mêlé,
Emprunté, puis rendu sans cesse à sa réserve.
Et ce sel contenu dans la mer la conserve ?
Fondu dans l'aliment vient assainir son corps ?
Dans la plante activer la sève en ses efforts ?
Pourquoi le sel encore en deux se décompose
Et cent fois rapproché, cent fois se recompose
En cent autres produits dans les arts employés,
Et neutre en plusieurs points est révivifié ?
Aux rayons du soleil la plante sort de terre
Son corps organisé vit, s'accroît et prospère
Aux dépens des cinq gaz qu'il s'est assimilé,
L'organisme agissant en vit appatelé ?
L'animal s'en nourrit, sa chair nous alimente ?
Le phosphore et la chaux compose la charpente
De l'animal ; de plus sa moelle et sa graisse,
Qu'elle soit blanche, molle ou qu'elle soit épaisse,
A l'huile en tout semblable, est du simple charbon,
Assemblage de gaz en leur combinaison ?
On y trouve, en effet, l'influent oxygène
Et son associé l'inflammable hydrogène.
Oui! tout dans l'univers est de création,
De rien, Dieu forma tout par sa volition.
Ainsi voilà pourquoi la suave eau de rose
Ou l'huile de colza sont une même chose,

Hydrogène et carbone ensemble combinés
Par portion diverse à différents degrés.
La saveur dans les fruits, le bouquet dans les vins
Ne sont-ils pas autant de miracles divins !
Au champagne mousseux, l'acide carbonique
Ajoute à la liqueur par son pouvoir magique,
Le principe hilarant, l'invisible hydrogène
Le corps muqueux sucré ; plus le gaz oxygène ?
Tout l'organisme après se consume en poussière,
Devient ce qu'il était ou fluide ou matière,
Rendant aux gaz les gaz qu'il lui avait prêtés ?
Ces éléments ailleurs sont bientôt transportés,
Mélangés de nouveau sur leurs affinités ?
Jamais en ses travaux nature ne repose.
Le corps inanimé pourrit, se recompose
En d'autres éléments par fermentation,
Affinité nouvelle et nouvelle action ?
Le ferment végétal est l'acide acétique
Contenant des milliers d'êtres microscopiques
La putréfaction enfante aussi les siens,
Par spontanéité, par mille autres moyens ?
Rapprochant de nouveau l'azote et l'hydrogène
Nous trouvons un sel mat lequel contient lui-même
Un double gaz et c'est l'alkali volatil,
Caustique si mordant et poison si subtil ?

L'ammoniaque en sort et sel se cristallise

Au chlore mélangé, par mesure incomprise?

L'ammonium jeté sur le sol fécondé

La plante s'en empare, et le grain récolté

Au corps des animaux donne la nourriture?

Tout se suit et s'enchaîne ainsi dans la nature?

Et si nous pénétrons au centre de la terre,

Qu'y trouvons-nous encor? les gaz, la matière,

Le carbone et l'azote unis à l'hydrogène,

Au phosphore et toujours au puissant oxygène!

Aux débris végétaux en ses flancs entassés,

Se stratifient en houille et fortement pressés?

Le volcan les pénètre et l'on voit le pétrole,

Dont l'huile, par le feu, se distille et s'isole?

Un éternel foyer en pleine ignition

Vient déchirer l'abîme et mettre en fusion

La potasse, la soude et la pâte calcaire

Dont les heuzes en l'air vomissent la poussière?

C'est ce que nous savons, mais savons-nous pourquoi?

Par quel ordre du ciel, enfin par quelle loi?

Constatant les effets sans connaître les causes

Voilà notre savoir en ces métamorphoses.

. . . .

Savants, observateurs, grâces vous soient rendues!

Vous affrontez les mers, vous traversez les nues

Vous perforez le sol avec témérité,

Vous trouvez les effets, jamais la vérité !

Et, si vous prétendiez que rien n'est impossible,

Qu'aucun obstacle ici ne peut être invincible,

Sur cette assertion, je répliquerais, moi,

Par ces terribles mots : pourquoi ? pourquoi ? pourquoi ?

Mais pourquoi la résine et pourquoi le tannin,

Que l'on extrait du chêne ainsi que du sapin,

Nourris des mêmes sucs ont sève différente ?

Pourquoi l'une est amère et que l'autre est gluante ?

Le café nous réveille et l'opium nous endort ?

Dans l'acide prussique est la subite mort ?

Si Flourens a trouvé dans le col animal

La clef de l'existence au fond du nœud vital ;

Pourquoi le refuser à l'immobile plante

Qui végète et respire, est forte ou languissante ?

Enfin quelle est la vie, qu'est enfin le trépas ?

. . . .

Pourquoi ? pourquoi ? pourquoi ?

. . . .

. . . .

Superbe ! incline-toi. . . . .

Tu ne le sauras pas.

ADRESSE DE LA RECONNAISSANCE

A

MADAME FÉLICITÉ DE VARLET,

POUR LE JOUR DE SA FÊTE, 10 JUILLET 1808,

A AUTEUIL.

O vous, qui reçûtes un nom
Digne de vos vertus et du bonheur suprême,
Félicité, les dieux en vous faisant ce don,
Voulaient qu'à votre tour vous l'offrissiez vous-même.

Aussi, grâces, talents, vertus,
Sont les germes divins, dé qui vous fûtes faite
Et, vous mettant au jour, le destin, lui, voulut
Donner une Félicité parfaite.

De tant d'aimables dons
Vous faites, chaque jour, un si digne partage,
Que s'ils se perdaient par l'usage
Vous n'en auriez plus que les noms.

Mais tel est votre destin
Que plus votre prodigue main
Dispense les vertus dont vous êtes formée
Ainsi que le Phénix immortel et parfait,
De tant de grâces dispersées
Votre Félicité renaît.

Vos parents adorés, objets de vos tendresses
Heureux de votre amitié,
Dans vos soins délicats, dans vos tendres caresses,
Trouvent leur Félicité.

Et nous, contemplateurs d'un destin aussi doux,
Fait pour les seuls auteurs d'une si tendre fille,
Aux jours heureux que nous passons chez vous
Nous croyons être aussi de la famille.

Ainsi, tout ce qui vous environne
De vos soins bienfaisants je suis aussi comblé
Je ne puis que chanter celle qui me les donne
Et c'est ma Félicité.

1863

SOUVENIRS DU 3 JUILLET 1823.

> Félicité trop tôt passée,
> Ombre des biens que j'ai perdus,
> Soyez toujours à ma pensée
> Ainsi que celle qui n'est plus.

ÉLÉGIE.

Autour de moi tout dort en cette solitude.

A peine si Zéphir vient caresser la fleur.

Mon âme épanche-toi, que ta mansuétude

Par tes doux souvenirs vienne abuser mon cœur.

Minuit vient de sonner, et la face tournée

Vers l'Orient, s'élève un rayon lumineux.

Est-ce le jour? O non! c'est de ma bien-aimée

L'essence qui s'anime en descendant des cieux.

Fils d'Apollon! viens accorder ma lyre,

Inspire-moi tes plus tendres accents

Retiens auprès de moi celle qu'en mon délire

Je vais bientôt revoir pour de trop courts instants.

Elle approche à pas lents, je la vois couronnée
Du bouquet virginal, qu'en un jour solennel
On avait déposé sur sa tête voilée,
Lorsque pour nous unir nous fûmes à l'autel.

Dans ce sombre bosquet où tu m'attends peut-être,
Je m'avance, dit-elle, et me voilà, c'est moi ;
Pour calmer tes ennuis, je te viens apparaître,
Je suis heureuse, ami rassure-toi.

De tes pavots, Morphée, entoure son sommeil.
Orphée est près de la tendre Eurydice.
Dans un songe à son cœur viens et sois-lui propice.
Longtemps épargne-lui la douleur du réveil !

Il te souvient toujours, chère âme désolée,
De cette heure où sur nous le destin se fixa,
Où, nos regards frappés de la même pensée,
L'Amour, du même trait, d'un seul coup nous blessa.

L'un près de l'autre assis, nous étions au spectacle.
Un grand magicien fixait tous les regards.
Par un prestige adroit, par un adroit miracle,
Grand nombre de bouquets en loge sont épars.

Modère ce transport, oh! ferme bien les yeux,
Orphée est près de la tendre Eurydice;
En cet instant le ciel à tes vœux est propice;
Dans ce rêve d'amour, sois un moment heureux.

Tu reçus une fleur, tu l'offris à ma mère,
Mais ton cœur me disait enfant elle est pour toi;
Le mien battait aussi, mon humide paupière
Préludait au bonheur. Ami, j'avais ta foi.

Et moi! si confiante au bon cœur de ma mère,
Pour la première fois, je gardai mon secret.
La plus simple action commande le mystère
Lorsque l'Amour le veut; j'obéis à regret.

Modère ce transport, oh! ferme bien les yeux,
Orphée est près de la tendre Eurydice;
En cet instant le ciel à tes vœux est propice;
Dans ce rêve d'amour, sois un moment heureux.

Tu me cherchas partout, et j'étais disparue;
Transportée à l'hôtel, je rentrai fort émue;
J'étais toute rêveuse et sans savoir pourquoi.
Je dormis peu, cependant ton image,
La douceur de tes yeux, celle de ton langage
A chaque instant paraissaient devant moi;
Et je conçus alors tout ce qu'en un cœur tendre
Peut douce passion pour se faire comprendre.

Modère ce transport, oh! ferme bien les yeux,
Orphée est près de la tendre Eurydice;
En cet instant le ciel à tes vœux est propice;
Dans ce rêve d'amour sois un moment heureux.

Comme moi tu passas une nuit agitée;
Le lendemain ton front était triste et rêveur,
Ton inconnue était présente à ta pensée;
Quand Desnoyers t'aborde avec un air moqueur.

Lorsqu'on est au spectacle, on regarde la pièce;
Vous regardiez ailleurs avec impolitesse,
Les yeux toujours fixés sur une belle enfant.
— C'est bien la vérité, voilà tout mon tourment.

Modère ce transport, oh! ferme bien les yeux,
Orphée est près de la tendre Eurydice;
En cet instant le ciel à tes vœux est propice;
Dans ce rêve d'amour, sois un instant heureux.

Si vous pouvez, ami, me la faire connaître,
Vous savez qui je suis et ce que je dois être,
Quel est son nom, sa famille et son rang,
Aurais-je à redouter quelques nobles parents?

Rassurez-vous, mon cher, son père, ainsi que vous,
Est fils de procureur. Auteur de sa fortune,
Vous êtes son égal; mais, soit dit entre nous,
Je suis, sur son esprit, sans influence aucune.

Modère ce transport, oh! ferme bien les yeux,
Orphée est près de la tendre Eurydice;
En cet instant le ciel à tes vœux est propice;
Dans ce rêve d'amour, sois un moment heureux.

Et vite tu courus au berceau de Guillaume,
Tu fis appel à tes nombreux amis;
Brébisson, d'Aubigny, Coulibeuf et Bertaume
Vinrent te présenter, et mon père t'admit.

Combien j'avais prié, combien je fus heureuse:
Je voyais mes parents accéder à des vœux
Qu'en secret je formais; car j'étais anxieuse,
Depuis que nœud d'amour nous enlaçait tous deux.

Modère ce transport, oh! ferme bien les yeux,
Orphée est près de la tendre Eurydice;
En cet instant le ciel à tes vœux est propice;
Dans ce rêve d'amour sois un instant heureux.

Et cependant on attendait ton père,
Il fallait discuter nos communs intérêts ;
Il me tardait aussi de connaître ta mère ;
Ce fut à Vieux-Fumé qu'on fixa le congrès.

Nous arrivâmes tard et par belle soirée ;
Du château la façade était illuminée,
Tu paraissais confus d'un si brillant accueil,
Quand mon père entraîné par un moment d'orgueil
    Te dit......

Modère ce transport, oh ! ferme bien les yeux,
Orphée est près de la tendre Eurydice ;
En cet instant le ciel à tes vœux est propice ;
Dans ce rêve d'amour, sois un moment heureux.

Alors, mon père dit : Eh bien ! qu'en trouvez-vous ?
J'ai gagné tout cela pour elle et son époux.
— Père trop généreux, cet asile est céleste ;
Merci, voilà mon bien, peu m'importe le reste.
Et sur ma main posant un baiser plein d'ardeur,
L'amour, tout aussitôt, scella notre bonheur.

Orphée si près de la tendre Eurydice,
Dans ce rêve d'amour avait un sort trop beau,
Il entr'ouvre les yeux, perd cet instant propice,
Se réveille et soudain aperçoit un tombeau :

Pardonne, hélas! à l'ardeur qui m'entraîne,
Clémence, mon amour, mon Dieu, mon bien suprême,
Apparais-moi toujours, ton âme était si pure!
Tes sentiments si beaux, ton cœur si généreux,
Ils soutiendront ma foi dans les maux que j'endure,
Et mon isolement sera moins douloureux.

Au même instant, une étoile filante,
Tombe à ses pieds, venant du haut des cieux,
Il voit écrit sur la terre fumante :
Espère, ami, je fréquente ces lieux.

Et chaque mois fidèle à sa promesse,
Quand la pâle Phébé retombe en son décours,
Orphée est près de sa tendre maîtresse,
La voit l'entend, et lui parle d'amours.